LES
PREMIÈRES AMOURS
DE
NAPOLÉON,
ET AUTRES POÉSIES
De J.-J. Faucillon.

PARIS,
À LA LIBRAIRIE ANCIENNE ET NOUVELLE
De J. A. S. Collin de Plancy.
BOULEVARD MONTMARTRE, N°. 23.
ET A LONDRES,
Chez J. F. GUIEN, New-Bond Street 136.

1822.

POÉSIES

DE

JEAN-JACQUES FAUCILLON.

SE TROUVE AUSSI CHEZ

CHARLES PAINPARRÉ, Palais–Royal, Galerie de Bois, n° 250 ;
LADVOCAT , même Galerie , n° 201 ;
AIME ANDRÉ , Quai des Augustins , n° 59 ;
BAROYER et Compagnie , rue Pavée Saint-André , n° 2;
Et à CAEN , chez MANCEL.

IMPRIMERIE DE HOCQUET.

LES
PREMIÈRES AMOURS
DE
NAPOLÉON,

POEME

SUIVI D'UN FRAGMENT EPIQUE

SUR L'ASSEMBLÉE NATIONALE,

ET DE

CHANTS ÉLÉGIAQUES,

PAR JEAN - JACQUES FAUCILLON.

PARIS,

A LA LIBRAIRIE ANCIENNE ET NOUVELLE,

BOULEVARD MONTMARTRE, N°. 23 ;

LONDRES,

CHEZ J.-F. GUIEN, NEW-BOND STREET , 136.

1822.

PRÉAMBULE.

L'ANTIQUE constitution de France eut le sort de toutes celles qui ont existé. Après avoir duré quelques siècles, elle a fait place à des institutions qui seront à leur tour abolies et remplacées. Cette révolution est déjà loin de nous. La plupart des hommes qui l'ont opérée ne sont plus ; mais les uns sont caractérisés par leurs actions, les autres le sont par leurs écrits ; de sorte que la postérité les voit tous sous leurs véritables traits. Les rois qui tinrent le sceptre depuis Henri IV préparèrent ce terrible drame politique : prétendant avoir droit au pouvoir absolu, il le reclamèrent formellement et en usèrent comme d'une conquête. Au dix-huitième siècle, de grands écrivains, frappés de tous les inconvénients que le despotisme traîne à sa suite, l'attaquèrent dans leurs écrits et enflammèrent la nation du désir généreux de le réprimer. Mais comme ils avaient détruit sans choix tout ce qu'un gouvernement abruti par la corruption leur abandonnait, la réforme ne put être qu'une révolution. Mirabeau l'opéra, ennemi qu'il était d'une cour qui ôtait tout espoir à son ambition. Devenu nécessaire, il s'efforça de rendre de la stabilité au gouvernement; mais la mort le surprit à cet instant; et il laissa la France exposée à toutes les fureurs de l'anarchie. Dès qu'il eût cessé de vivre, on s'agita de toutes parts pour savoir qui donnerait le joug ou qui le recevrait.

Robespierre, à force de ruse et d'hypocrisie, parvint à dominer tous les démagogues que la fatalité mettait en présence. Le régne de la terreur, auquel il présida fut marqué par d'épouvantables proscriptions. Résolu de détruire l'anarchie par des massacres, il poussait les Français à l'échafaud avec une incroyable activité. Long-temps le succès le justifia. On croyait généralement qu'il profiterait de la révolution, tant la France s'empressait de se courber sous le joug.

. Toutefois il périt sur l'échafaud qu'il lui présentait, pour avoir proscrit ceux qui ne refusaient pas de lui obéir. Mais la puissance civile ne s'affranchit de ce tyran, sorti de son sein, que pour en recevoir un autre sorti de l'armée. Napoléon, profitant de l'effroi qu'inspiraient les anarchistes, les écarta des affaires, et avec eux ceux qui voulaient une république selon les lois. Resté seul maître du pouvoir, de consul il fut bientôt empereur, de maître de l'Europe, prisonnier des Anglais; et la France trouva la liberté dans une combinaison de ces mêmes institutions que durant plusieurs années elle avait proscrites avec tant de haine et de fureur.

Que si l'on cherche ici l'histoire de cette révolution, on ne l'y trouvera pas. Comme je n'en dirai que quelques mots, il me suffit de l'indiquer. D'ailleurs de plus doux tableaux réclament ma plume. J'ai à peindre, non loin de Brienne, le

toit romantique où vécut Laurence, et qui entendit soupirer le héros que nous n'avons connu que
par son ambition et par ses prodiges. Quelques-
uns de ces chants n'ont même de rapport qu'à moi.

Que le lecteur les rejette, s'il le veut, avec
une dédaigneuse impatience ; mais que du moins
il accueille ceux que j'ai consacrés à la patrie.
Je l'aime avec ardeur cette patrie si grande et
si long-temps malheureuse ; et je me suis efforcé
de la louer dignement.

NAPOLÉON

AMOUREUX.

~~~~~~

CHANT PREMIER.

Sous ces arbres touffus, qui cachent à nos yeux
De l'asile des rois les jardins fastueux,
Éloigné de sa cour, dont l'éternel hommage
N'est souvent pour son cœur qu'un brillant esclavage ;
Avec l'impératrice, objet de son amour,
Napoléon s'avance, au déclin d'un beau jour.
Il est tout occupé de ses chères pensées ;
Du monde à son esprit les bornes retracées,
Ne lui semblent peut-être offrir à ses desseins
Qu'un trop chétif espace, et de trop courts chemins.
Pour Louise, elle éprouve une vive tristesse ;
Nos malheurs, nos revers, qui l'occupent sans cesse,
Dans ce moment surtout allarment ses esprits ;
Elle croit déjà voir l'ennemi dans Paris.

Sur son auguste époux elle arrête la vue;

Et lui tient ce discours d'une voix tout émue :

« Calme, ô Napoléon! le trouble de mon cœur.

« De ton front si superbe abaisse la hauteur.

» Le temps presse. Tu vois les troupes de cent princes,

» Telles que des torrens, inonder nos provinces.

» L'armée européenne arrive à pas pressés;

» Devant elle, on voit fuir tes soldats dispersés.

» C'est Paris qu'elle veut; une effroyable joie

» La transporte, au seul nom de cette grande proie.

» C'est sur ton corps sanglant, sur ceux de tes guerriers

» Quelle veut y marcher par d'horribles sentiers.

» O cher époux! confonds sa terrible espérance.

» Réconcilie enfin l'Europe avec la France.

» En acceptant la paix, préviens tant de fléaux. »

Napoléon troublé lui répond en ces mots :

« Cesse ta plainte, ô toi qui partages mon trône!

» Toi sur qui rejaillit l'éclat qui m'environne.

» Fille des rois, surmonte une indigne frayeur;

» De pareils sentiments ne sont pas d'un grand cœur.

» Tu me parles de paix, lorsque du cri de guerre

» Vingt rois, nos ennemis, font retentir la terre.

« La paix peut exister entr'eux, qui sont égaux,

« Mais non entr'eux et moi qui les vis mes vassaux.

« Ils savent trop , depuis qu'ils ont pu me connaître,

» Que m'avoir pour ami serait m'avoir pour maître.

« Ils ne la veulent pas ; le fer va décider

« S'ils doivent obéir ou doivent commander.

« Songeons donc à combattre. Ecarte tes alarmes;

« Et tandis que je vais tenter le sort des armes,

« Tiens avec fermeté les rênes de l'état.

» Dicte tes volontés par la voix du sénat.

» Songe, songe surtout que l'Europe et la France

» Marchent d'un pas égal vers leur indépendance;

» Que tu dois réprimer cet élan dangéreux,

» Et tenir en respect des flots de factieux.

» Songe à ces députés, autrefois si timides,

» Qui, par mes revers seuls devenus intrépides,

» Naguère ont déclamé contre l'autorité

» Qu'ils adoraient, aux jours de ma prospérité.

» Louise, souviens-toi qu'une foule rébelle,

» Sous un maître sévère, est un peuple fidèle.

» Et que souvent punir et par fois pardonner,

» En tous temps, en tous lieux, fut l'art de gouverner.

» Mais rentrons au palais; qu'un sommeil favorable

» Me rende la vigueur que tant de soin accable;

» Demain; au point du jour, j'assemble mes guerriers,

» Et nous volons aux champs où croissent les lauriers.

» Ne crains point l'ennemi : le destin se déclare;

» Il semble me pousser sur cet amas barbare;

» Il ne trahira plus le guerrier, que son bras

» A lancé pour changer la face des états. »

Il dit, donne la main à son épouse en larmes,

Et marche, impatient de voler aux alarmes.

Mais elle, que poursuit un noir pressentiment,

Ne voit se préparer qu'un affreux dénoûment;

Elle sait que le peuple, enclin à la licence,

S'il n'est pas retenu, détruit toute puissance;

Mais elle sait aussi, que s'il est opprimé,

Que s'il n'est qu'un esclave avili, désarmé,

Il ne voit désormais dans le sol, sa patrie,

Que le bien du tyran qui la tient asservie,

Et que, sans intérêt à défendre l'état,

Il reste indifférent sur le sort du combat.

Hélas ! telle en ce jour, se présente la France,

Rejetant sur son chef le soin de sa défense.

Louise à ces pensers, élève au ciel ses yeux,

Et suit le front chagrin son époux radieux.

CHANT SECOND.

Lorsque sur nos cités planait la renommée ,

Publiant à grand cris que notre brave armée

Avait chez nos voisins arboré ses drapeaux,

Nous honorions la guerre, oubliant ses fléaux;

L'encens sur nos autels lui marquait notre joie.

Malheureux! aujourd'hui que nous sommes sa proie,

Comme nous maudissons ses coupables fureurs,

Et comme de la paix nous vantons les douceurs!

Pourquoi Napoléon , dit le peuple en furie,

N'est-il pas dans les camps pour venger sa patrie?

Ah! lorsque le superbe usurpait des états,

A peine il respirait s'il n'était aux combats...

Silence! il va bientôt retourner au carnage,

Et le sang à grand flots marquera son passage.

Mais avant une voix va , dans son cœur d'airain ,

Lui crier que jamais on ne fut père envain.

Son cœur va s'amollir, et pleurant sur le trône,

Il saura de quel poids peut être une couronne.

A peine le soleil parait à l'horison,

Que ses premiers rayons frappent Napoléon.

Il se lève, et tout plein de sa prochaine absence,

Il passe chez son fils avec impatience.

Il le trouve plongé dans un sommeil profond.

Le calme du jeune âge éclate sur son front;

Tout paré, tout brillant de graces enfantines,

Le miel semble abreuver ses lèvres purpurines.

On dirait qu'il sourit, heureux de son repos,

Au dieu de qui la main lui jette des pavots.

Napoléon charmé, dans son transport s'écrie:

» Doux oubli de soi même, absence de la vie,

» Charme des malheureux, ô sommeil qui me fuis!

» Daigne être quelque jour plus fidèle à mon fils,

» Ne l'abandonne pas, quand placé sur le trône,

» Il connaitra le trouble et les soucis qu'il donne. »

Il disait; mais l'enfant se réveille à ces mots,

Du tendre nom de père il nomme le héros,

Lui sourit, et lui tend ses bras faibles encore;

C'est un baiser qu'il veut, un baiser qu'il implore.

Napoléon ému soudain s'est approché;

Il contemple son fils, sur son berceau penché,

Le baise avec amour, à ses levres brillantes

Attache avec ardeur ses lèvres frémissantes ;

Et son fils dans ses bras l'enlace en souriant ;

L'effroi des rois devient le jouet d'un enfant.

« O nature ! dit-il , tu m'arraches des larmes ;

« Tu fais naître en mon cœur jusques à des alarmes !

« Oui ; je crains , je recule à l'aspect du tombeau.

« Grand dieu ! que je suis faible auprès de ce berceau !

« Comme l'amour d'un fils nous attache à la vie !

« Impérieux devoir , sur mon âme attendrie ,

« Reviens , il en est temps , reprendre tous tes droits ;

« Ne te laisse pas vaincre une seconde fois.

« Non , je n'ai pas le droit d'écouter la nature ,

« En vain mon sang réclame, un peuple qui murmure

« Me dit que je lui dois mon bras dans son danger ,

« Qu'auprès de lui mon fils ne m'est qu'un étranger.

« Hélas ! j'ai donc enfin la triste expérience

« De ce que peut peser la suprême puissance.

« Le dernier des sujets est plus libre que nous,

« Il goûte les plaisirs et de père et d'époux ;

« Tandis que notre vie est un long sacrifice. »

Il dit , saisit son fils. O secrète justice !

Il s'indigne en songeant que ce bien précieux
Qui nous coûte si peu, que nous donnent les cieux,
Il faut qu'il l'abandonne ; et qu'il faut qu'il reprenne
Ce sceptre qu'il n'acquit qu'au prix de tant de peine.

Sous les murs du château s'étend le carrousel,
Des plaisirs de nos Rois théâtre solemnel.
Là, jadis nos guerriers, tout en rompant leur lance,
Contre les ennemis préparaient leur vaillance.
La beauté les voyait, les excitait des yeux
Et payait d'un souris le plus audacieux.
Là, sous Napoléon, d'innombrables armées,
Du besoin des périls toujours plus enflammées,
Naguères à sa voix accouraient se ranger,
Et de là le suivaient aux champs de l'étranger.
Mais ce prince aujourd'hui, loin d'effrayer la terre,
Au sein de ses états entend rugir la guerre.
C'est pour la repousser qu'à la tête des preux
Il va prendre bientôt un essor belliqueux.
Autour de lui déjà s'assemble son élite,
Sa garde qu'aux périls Mars même précipite.
Il donne l'ordre : on part. Les coursiers hennissants
Font voler, à grand bruit, les bronzes mugissants.

Paris voit ses vengeurs déjà loin de ses portes ;

La plaine disparait sous leurs vastes cohortes.

La poussière s'élève ; escadrons, bataillons

Marchent enveloppés dans ses noirs tourbillons.

Cependant l'Empereur s'avance dans la plaine.

Ses généreux guerriers, que le courage entraîne,

Voudraient autour de lui pouvoir tous se ranger,

Pour être au champ d'honneur plus voisins du danger.

Courage infructueux ! hélas ! le jour s'avance

Où devant un vainqueur va se courber la France ;

Mais relevant bientôt son front ensanglanté,

On le verra ce front brillant de liberté.

CHANT TROISIÈME.

O plumes du génie agrandissez l'histoire,

Et de tant de hauts faits conservez la mémoire !

Quels climats n'ont pas vu s'immoler nos guerriers,

Avides des tombeaux qu'ombragent les lauriers ?

Chaque jour, au milieu du sillon qu'il entr'ouvr,

Le soc en s'enfonçant les heurte, les découvre.

A l'aspect de leurs fronts glacés par le trépas,

Le laboureur recule et s'enfuit à grands pas.

Il fuyait mieux encor, lorsqu'au sein des alarmes,

Ils s'offraient à ses yeux tout couverts de leurs armes.

Tout tombait sous leurs coups. Hélas ! il ne sont plus,

Et déjà leurs foyers sont à demi vaincus.

Réveillez-vous, guerriers, du sommeil de la tombe;

Sous ces peuples fuyards votre pays succombe ;

Seulement tels qu'Achille offrez-vous désarmés ,

Guerriers , ils tomberont par l'effroi comprimés.

Infructueux appel! votre cendre glacée

Au gré des moindres vents s'envole dispersée.

En proie à l'ennemi, la France cependant
Regrette d'avoir trop prodigué votre sang.

C'est ainsi qu'un mortel qui hâta sa vieillesse
En prodiguant sa force aux jours de la jeunesse,
Débile avant le temps, condamne ses désirs,
Et maudit, mais trop tard, ses funestes plaisirs.

Bientôt Napoléon touchera les contrées
Que de ses bras sanglans la guerre a déchirées.
Déjà s'offrent à lui des toits abandonnés
Par un peuple qui fuit des soldats forcenés.
Il reconnaît enfin ces côteaux, cette plaine,
A ses regards charmés ils annoncent Brienne;
Brienne le berceau de son vaste projet
Qui de tout l'univers voulut faire un sujet.
C'est de ce point obscur, qu'inconnu, jeune encore,
Mais exhalant déjà le feu qui le dévore,
Napoléon jetait des regards sombres, fiers,
Indigné de ne pas marquer dans l'univers.
C'est de là qu'il cherchait une route inconnue,
Pour sortir de la foule et briller à sa vue.
On l'y voyait déjà par ses jeunes travaux,
D'un ascendant futur menacer ses rivaux.

Rien n'était dans ses goûts ni commun ni frivole;

C'était un homme fait au milieu d'une école.

L'amour n'aurait jamais tyrannisé son cœur,

Si de tous les mortels ce Dieu n'était vainqueur.

Mais du moins, s'il plia sous cette loi commune,

Il eut brisé bientôt cette chaîne importune.

Il avait résolu désormais de n'avoir

Que l'amour des grandeurs et la soif du pouvoir.

Il s'approche des lieux qui virent sa grande âme

S'indigner un instant d'une amoureuse flamme.

Chaque objet lui retrace en traits profonds, brûlans,

Les désirs qui jadis ont dévoré ses sens.

Il retient son coursier, de ses mains incertaines

Comme un poids importun laisse tomber les rênes.

On dirait que l'amour a ressaisi son cœur,

Il y porte la main, soupire avec douleur,

Et surprend par ces mots Bertrand qui l'accompagne:

« Si tu veux avec moi gravir cette montagne,

» Tu verras un objet dont je fus plus épris,

» Que de tous ces états que nous avons conquis. »

Bertrand surpris répond: «Qui! vous amoureux, Sire!»

» Oui, moi-même, Bertrand; et jusques au délire,

» Une femme sans peine eût tenu dans ses bras

» Celui que n'ont pas pu contenir vingt états.

» Ne crois pas que ce fut une femme ordinaire ;

» Rien de tel, tu le sais, n'est digne de me plaire.

» Mais ne crois pas non plus que la célébrité

» Ait fait ce que sur moi n'eût pas fait la beauté.

» Non. Laurence naquit loin des regards du monde,

» Et toujours a vécu dans cette nuit profonde.

» Telles au fond des bois quelques modestes fleurs

» Exhalent leurs parfums, étalent leurs couleurs,

» Et s'entourant d'ombrage, achèvent leur carrière,

» Sans avoir d'un soleil entrevu la lumière.

» Mais écoute, Bertrand, et connais mes amours.

» C'était dans ces lieux même, au printemps de mes jours ;

» C'était dans la saison où la belle nature

» Rend aux bois leur feuillage, aux plaines leur verdure ;

» J'errais seul un matin, j'admirais le soleil

» Qui s'élevait superbe à l'horizon vermeil.

» La terre à son aspect prenait de nouveaux charmes,

» Heureuse et consolée elle essuyait ses larmes.

» Les fleurs que soulevait leur tige humide encor,

» De leur sein parfumé m'étalaient le trésor.

» Les oiseaux voltigeant sur leurs lits de feuillage,

» Mêlaient à leurs doux chants un tendre badinage,

» Puis soudain pour voler suspendaient leurs concerts.

» Pour moi j'aurais voulu les suivre dans les airs ;

» Un feu brûlant, caché, dévorait tout mon être.

» J'agissais malgré moi, je n'étais plus mon maître.

» Je prêtais mon oreille à de vagues accens.

» Il me semblait toujours qu'au milieu de ces champs,

» Allait à mes regards se montrer une femme

» Dont l'amour remplirait le vide de mon âme.

» Ma force m'accablait ; pour user ma vigueur,

» Je parcourais des bois la sombre profondeur ;

» Je volais comme un trait au milieu des campagnes,

» Et gravissais soudain les plus hautes montagnes.

» C'est là que j'arrivai. Je crois me voir encor

» Vers ce sommet altier prendre un rapide essor.

» Lorsque je l'eus atteint, avec impatience,

» Je visitai de l'œil tout ce théâtre immense.

» Ce toit simple, isolé, que tu vois devant toi,

» Tel qu'un palais pompeux soudain s'offrit à moi.

» J'y courus, ô destin ! ô puissance invincible

» C'est toi qui m'y poussais ; ton bras était visible.

» Rien ne m'eût arrêté; l'œil ardent , j'y volais.

» Là, disais-je, m'attend l'objet de mes souhaits.

» Le calme de ces lieux , l'éclat de leur verdure,

» D'un ruisseau qui fuyait le ravissant murmure,

» Et la voix du printemps, inimitables sons,

» Je vis, j'entendis tout, je bus tous leurs poisons;

» Que bientôt j'eus touché la porte désirée !

» Je l'entrouvrais déjà d'une main assurée,

» Quand une jeune femme apparut sur le seuil ;

» Jusqu'à ses pieds tombait un long habit de deuil ;

» Etalée en anneaux sa chevelure noire

» A peine de son front laissait percer l'ivoire;

» Des larmes inondaient, enveloppaient ses yeux

« Qui du pur diamant semblaient rouler les feux;

» Et sa bouche éclatait fraîche comme une rose.

« Ah! de mon trouble, ami, je reconnus la cause ;

» C'était là cet objet pour lequel je brûlais ,

» C'était cette beauté que je me figurais.

« Mais combien je craignis de la trouver sévère !

» Son front mélancolique était paisible, austère ;

» Son regard m'imposa sans m'ôter des désirs

» Qui d'un amour sans frein convoitaient les plaisirs.

» Ne me demande pas si dans ce trouble extrême

» Je lui parlai d'amour ; je l'ignore moi-même.

» De retour à Brienne, à peine un souvenir

» Un seul, de tant de soins put-il me revenir.

» Mais ses traits, cher Bertrand, que dis-je? tout son être

» Dans mon cœur amoureux avait passé peut-être!

» Elle me poursuivait jusque dans le sommeil ;

» Me mettait en délire, et hâtait mon réveil.

» Je croyais lui parler, l'accuser, lui défendre

» De déchirer ce cœur que je voulais reprendre.

» Et, Bertrand, c'est aussi ce que je lui disais,

» Quand près d'elle, à ses pieds je tombais, je brûlais.....

» Que de fois, hors de moi, m'échappant de Brienne,

» Là, sans avoir rien vu, j'arrivai hors d'haleine!

» Non, je n'avais rien vu de tous ces vastes lieux,

» Tant j'étais occupé de l'objet de mes feux.

» Que de fois, tout tremblant, de la voix la plus tendre,

» Mon amour s'expliqua, la pressa de se rendre!

» Vains efforts! vaine ardeur ! maîtresse de ses sens,

» Sans peine, elle échappait à mes bras frémissants.

» Je venais tous les jours, le matin, dès l'aurore ;

» Auprès d'elle la nuit me surprenait encore.

» Eh bien ! Bertrand, le cœur nâvré de désespoir,

« Chaque jour je jurais de ne plus la revoir.

» Regarde ce rocher; mille fois, sur sa cîme,

» Je rougis de mes feux comme du plus grand crime.

» La France, me disais-je, appelle ses guerriers,

» Elle pare leurs fronts de l'éclat des lauriers,

» Et moi, lâche soldat, vil captif d'une femme,

» La gloire, mon idole, a délaissé mon âme.

» Que dis-je? sans frémir je ne puis pas songer

» Que bientot dans l'armée il faudra me ranger!...

» Alors, honteux de moi, les cheveux en désordre,

» Me frappant de mes mains que je sentais se tordre,

» Sombre; je m'élançais du haut de ce rocher,

» Je fuyais de ces lieux pour mieux m'en arracher.

» C'était en vain, Bertrand; les traits de mon amante,

» Ou plutot elle-même était bientôt présente.

» Je m'arrêtais soudain, revenais sur mes pas,

» Avide de revoir, d'adorer ses appas;

» Je tombais à ses pieds, en proie à mon ivresse,

» En des termes de feu, j'exprimais ma tendresse,

» Je redoublais d'ardeur comme pour m'excuser

» Entre elle et mon devoir d'avoir pu balancer.

» Je faisais plus encor, j'invoquais l'hyménée;

» Je jurais que ma vie à la siennne enchainée

» Coulerait toute ici, rapide comme un jour,

» J'en attestais le ciel et le plus tendre amour.

» Eh bien! Bertrand, à peine elle daignait m'entendre;

» Si par fois de ses yeux partait un regard tendre,

» Je la voyais soudain les détourner de moi.

» Bertrand, ils n'exprimaient que tristesse, qu'effroi.

    » Un jour que plus pressant je répétais encore

» Tout ce qu'amour inspire alors qu'il nous dévore,

» Que ma main frémissante attachée à sa main

» Allait chercher son coeur, plaidait pour notre hymen,

» Au bord de ce ruisseau, triste, silencieuse,

» Regardant couler l'onde, elle resta rêveuse.

» L'ingrate! je fis tout et ne pus la tirer

» De ce silence affreux fait pour me déchirer.

» Alors le désespoir s'empara de mon âme ;

» En propos outrageans je lui peignis ma flamme,

» Et je m'éloignai d'elle en maudissant le jour

» Qui vit naître en mon sein mon détestable amour.

» Brienne me revit l'âme sombre, abîmée,

» Et je pressai soudain mon départ pour l'armée.

» Mais son image, ami, me suivit aux combats,

» Pour m'en débarrasser je cherchai le trépas.

» Il me fuyait, Bertrand, je rencontrai la gloire,

» Et la cruelle enfin sortit de ma mémoire.

   » A l'aspect de ce lieu soudain s'est retracé

» Ce tableau dans mon coeur par le temps effacé.

» Un désir curieux de mon esprit s'empare,

» Puisqu'un si court espace aujourd'hui nous sépare,

» Je veux la voir, Bertrand, et lire dans ce coeur

» Qui ne voulut jamais motiver sa rigueur.

» De ses refus peut-être apprendrai-je la cause ;

» Ou si dans le tombeau l'insensible repose,

» Je le saurai du moins ; et sa cendre et ces lieux

» Recevront, cher ami, mes éternels adieux. »

CHANT QUATRIÈME.

Vers la chaumière alors Napoléon s'avance ,
Le coeur tout occupé de la belle Laurence.
Il s'étonne en entrant de trouver son portrait ,
C'est lui-même; ô talent ! il est peint trait pour trait.
» Ah ! je me reconnais, tel était mon visage,
» Tel, dit-il , je brillais au printemps de mon âge. »
    Il s'étonne bien plus de lire au bas ces mots :
» De ce jeune mortel mes fidèles pinceaux
» Sans peine ont retracé l'image trop aimée ;
» Il fut toujours présent à mon ame enflammée ;
» Je l'aimai ; cependant je refusai sa main ,
» Je payai ses soupirs du plus amer dédain.
» J'avais lu dans son coeur , je ne pouvais pas croire
» Qu'il voulût pour l'amour renoncer à la gloire.
» Doux asile où coulaient les jours de mes ayeux ,
» Et toi, tombe , où j'espère un jour dormir près d'eux ,
» S'il eût pu m'enchaîner au joug de l'hyménée ,
» Loin de vous pour jamais il m'aurait entraînée.

» Hé! pourquoi? pour chercher une vaine grandeur. »

Ces mots de son long doute ont tiré l'empereur.

Il s'écrie : « ô Bertrand ! il est donc vrai, son âme

» Ne fut pas sans désir quand j'étais tout de flamme.

» Elle m'aima ; mais viens, viens, je veux la revoir. »

Il dit, marche animé de désir et d'espoir ;

Entre dans un jardin où souvent son amante,

S'offrant à ses regards, d'attraits éblouissante,

Alluma dans son sein tout le feu des desirs ;

Il croit de ses beaux jours ressaisir les plaisirs ;

Plein de trouble, il ressent la même impatience

De se jeter aux pieds de sa belle Laurence.

Il la cherche, il l'appelle ; et, dans tous les objets,

L'adore avec ivresse et croit revoir ses traits.

Mais, ô coup déchirant ! au détour d'une allée,

Son avide regard lit sur un mausolée,

Ces mots, ces mots affreux : « Ta Laurence n'est plus.»

Ah ! c'est un coup mortel pour ses sens éperdus,

Appelant à grands cris celle qui lui fut chère,

Il s'arrête, chancelle et tombe sur la terre.

Il semblait succomber sous le poids des regrets,

Quand un calme soudain reparut sur ses traits,

Quand ardent à braver l'orageuse tempête
De tant de maux divers amassés sur sa tête,
Il se leva du sol et marcha vers les lieux
Où ses fiers ennemis étaient les plus nombreux ;
Impatient de vaincre, il dévorait la plaine,
Et Bertrand se hâtant, ne le suivait qu'à peine.

L'ASSEMBLEE NATIONALE.

Louis-Seize , ce roi le plus faible des princes ,

Dut à l'hérédité d'innombrables provinces ;

Plus heureux si le sort, moins cruel en son choix,

L'eût placé loin du trône, au fond des humbles toits.

Son peuple avait changé de mœurs et de génie ,

Les Français, éclairés par la philosophie ,

Ne montraient plus dès lors qu'un mépris dédaigneux

Pour les sacrés débats si chers à leurs ayeux.

Tous de l'homme d'état méditaient la science ,

Voulaient de toutes parts reconstruire la France :

Formaient de vastes plans , les offraient à grands cris ;

Entravaient le pouvoir , s'entouraient de débris...

Tels étaient les Français. Le souverain lui-même

Cherchait d'autres ressorts pour le pouvoir suprême ,

Tant l'âge avait vieilli l'édifice des lois.

Les Etats-Généraux s'assemblent à sa voix.

Soudain en deux partis ces états se divisent,

Les grands ont vu l'écueil sur lequel ils se brisent,

Le peuple est devant eux prêt à les accabler...
Plus d'états généraux, ils veulent reculer.

Du peuple cependant les députés s'irritent,
Impatiens de vaincre ils s'avancent, s'agitent.
Un chef audacieux à leur tête a paru,
C'est un patricien dans leurs rangs accouru.

C'est Mirabeau., l'effroi des têtes couronnées,
Qui semblait près de lui les tenir enchaînées,
Quand du sein des vieux murs d'une prison d'état,
Au despotisme même il livrait le combat;
Mirabeau leur a dit : » Vous que la France invoque,
» Vous que dans ses périls elle-même convoque,
» Délibérez, montrez qu'elle a contre les grands
» Des vengeurs tout armés dans ses représentans. »

Cette voix les transporte et soudain leur patrie
Les entend s'écrier : « Mort à la tyrannie ! »
Un ministre paraît, Mirabeau lui répond,
Ou plutôt par ces mots Mirabeau le confond :
» La volonté du peuple est le pouvoir suprême,
» Voilà ses députés, ceux qu'il nomma lui-même.
» Allez dire à ce roi qui veut les séparer,
» Que sous les poignards même ils vont délibérer. »

Brézé rentre à la cour, déjà, dans sa personne,
Le terrible orateur a triomphé du trône.

Tant d'audace a vaincu le malheureux Louis,
De sa faiblesse il prend le plus funeste avis.
Il invite les grands, qui des formes antiques
Opposent la puissance aux formes anarchiques
Il les invite, dis-je, à s'aller réunir
A ces tribuns rangés comme pour les punir.
A peine rassemblés ces tribuns intrépides
Font partager aux grands le fardeau des subsides.
La féodalité, cet arbre fastueux
Que dans les temps anciens plantèrent nos ayeux,
Dont les sombres rameaux couvraient toute la France,
Tombe dans une nuit sous leur seule éloquence.
Elle efface du sol ces asiles sacrés
Où les hommes vivaient des hommes séparés.
Elle brise l'orgueil de ces titres gothiques
Payés avec de l'or ou des faits héroïques.

Ces fameux parlemens qui furent autrefois
Les arbitres du peuple et les tuteurs des rois,
Et qui dans leur délire et dans leur résistance
Demandaient à grands cris les états de la France,

Par ces mêmes états sont abolis soudain.

Quelques patriciens résistent, mais en vain ;

C'est toujours Mirabeau qui s'offre à les combattre,

Au pied de la tribune il semble les abattre.

  Enfin tout est détruit. Après ces changemens

Il faut placer l'Etat sur d'autres fondemens.

Les Lally, les Mounier, qui, dans leur zèle sage,

Redoutent l'anarchie autant que l'esclavage,

Disaient : « Pour affermir toutes nos libertés

» Il nous faut opposer trois pouvoirs limités.

» Entre un prince et son peuple il faut une puissance,

» C'est aux grands à combler ce précipice immense,

» Sans ce rempart le peuple opprimera son roi,

» Ou le roi sous son joug fera fléchir la loi. »

Conseils sages mais vains! l'ordre antique s'écroule,

La puissance des grands disparaît dans la foule

Et bientôt par le peuple, ensanglanté, brisé,

Le trône va tomber à grand bruit renversé.

  Déjà Louis n'a plus qu'une ombre de puissance,

Déjà pour ses sujets avides de licence,

C'est peu d'avoir enfin conquis la liberté,

Le frein même des lois révolte leur fierté;

Par de fougueux discours Mirabeau les agite,

A détrôner Louis le tribun les excite.

Il ne lui faut qu'un roi qu'il puisse gouverner.

Par l'ardeur de ses goûts se laissant entraîner,

Tantôt des factieux il se fait l'interprète,

Tantôt il sert la cour, lorsque la cour l'achète;

Avide de plaisir, de pouvoir, de grandeur,

Dès qu'il voit briller l'or, il forfait à l'honneur.

Mais tandis qu'il vendait ainsi son éloquence,

Les factieux osaient affronter sa puissance;

Ils osaient le proscrire, indignés de le voir

Conserver au monarque un reste de pouvoir.

Jugeant trop bien dès-lors qu'ils voulaient un grand crime,

Il prévit que leur roi deviendrait leur victime,

Que l'état marcherait au gré des factions,

De révolutions en révolutions;

Qu'il y perdrait lui-même et son rang et la vie.

Dans sa crainte il jura d'abolir l'anarchie,

Et de cette tribune où ses fougueux discours

Naguères lui prêtaient un coupable secours,

Il osa dévoiler ses projets sanguinaires,

Et donner au pouvoir des bases plus sévères.

Déjà les citoyens s'éclairaient à sa voix,
Déjà la liberté se fondait sur les lois ;
En vain les factieux feignaient de voir un traître
Dans un homme d'état qui parlait pour un maître,
Quand pour dernier malheur l'inflexible destin
En frappant Mirabeau, brisa ce dernier frein.

Il est au lit de mort, il s'éteint, il succombe,
O terreur! il s'arrête aux portes de sa tombe,
Et d'un ton déchirant laisse échapper ces mots :
« Les Français vont tomber sous le fer des bourreaux. »
Il mourut. Que de pleurs coulèrent sur sa cendre !
Un cri de désespoir partout se fit entendre.
Chacun crut de l'état porter seul le fardeau
Dès qu'il n'eut plus l'appui du puissant Mirabeau.

Né pour être ministre, il avait en partage
L'ascendant du génie, un captieux langage,
Et l'endurcissement qui, dans le choc, combat
Le crime par le crime et par les coups d'état.

CHANTS
ÉLÉGIAQUES.

Ces Chants Élégiaques ont été imprimés pour la première fois l'année dernière, et le public les a accueillis avec bienveillance. C'est ici une réimpression pure et simple.

CHANTS ÉLÉGIAQUES.

AU LORD BYRON,

SUR LA FRANCE.

O Byron ! toi qui sais estimer ton pays,

Sans verser sur la France un injuste mépris,

Quand tes concitoyens nous abreuvaient d'outrages,

Ta voix semblait déjà celle de tous les âges ;

De nos vastes travaux jugeant l'immensité,

Tu devinais l'arrêt de la postérité.

Quand tu peins nos revers, quels pensers tu m'inspires!

Je crois voir devant moi passer tous les empires.

Je te suis dans cette île où retentit la voix

Qui naguère faisait et défaisait les rois,

Et tu dis : « Ce guerrier, dont la haute vaillance,

Debout sur cent états avait placé la France.

3

Ce héros, qui marchait le roi de l'univers,

Ce mortel, dieu du monde... il languit dans nos fers!

C'est nous qui lui donnons un pain qu'il nous mendie,

Nous prolongeons ses jours pour son ignominie.»

    Cependant les Français de cris victorieux

Ne font plus retentir et la terre et les cieux;

Loin de passer encor leurs fragiles barrières,

Ils craignent d'approcher même de leurs frontières.

Leurs ports n'enferment plus de nombreux pavillons,

Leurs cités n'arment plus de vastes bataillons.

Sur eux roule à grand bruit le char de la victoire.

Oui, les Français sont morts, si ce n'est pour l'histoire.

Oh! comme tout à coup leurs grandeurs ont péri!

Moins promptement un flot que la mer a vomi,

En déroulant son onde, efface du rivage

Les traces qu'un mortel laissa de son passage.

    Oui, Byron, tu dis vrai, notre règne est passé.

Des états qu'il conquit le grand peuple chassé,

Au sein de sa patrie à son tour opprimée,

Des camps de l'étranger vit deux fois la fumée.

Il n'est plus, dans ce jour, qu'un informe débris;

Mais, hélas! dans nos maux vois ceux de ton pays;

Tremble de la hauteur où tu vois l'Angleterre ;

Elle a touché le faîte , elle pèse à la terre ;

Elle est pour elle-même un terrible fardeau.

Le jour qui l'agrandit la conduit au tombeau.

Que le temps fasse un pas , et je l'y vois descendre :

C'est le terme commun, tout vient enfin s'y rendre.

O Byron ! tu le sais, toute l'éternité

N'atteste des états que la mortalité.

    Toi-même, si ce Dieu qui fait nos destinées

A ton vaste génie égale tes années,

Peut-être , comme nous , donneras-tu des pleurs

A ton pays tombant sous des glaives vainqueurs;

Eh ! qui sait quels revers signaleront sa chûte !

Qui sait, un jour, témoin de cette horrible lutte,

Si tu n'envieras pas pour toi, pour les Anglais,

Notre dernier soupir après tant de succès.

Oui , lorsque nous tombions du char de la victoire ,

Nos fronts avaient encor tout l'éclat de la gloire,

Notre défaite était digne de nos travaux ,

Ce jour-là , les vaincus, étaient seuls les héros.

Que dis-je ? les vainqueurs tremblaient de leur conquête,

Ils cachaient le laurier dont ils paraient leur tête ;

C'est en nous caressant qu'ils nous ont abattus.

Que ne menaçaient-ils ? nous les aurions vaincus.

Le dirai-je, Byron ? lorsque, dans leur furie,

Ils déchiraient le sein de ma belle patrie,

Parfois ils ont rougi d'être trop inhumains;

Parfois le glaive même échappa de leurs mains.

Ils disaient : « Ces Français, qui par leur seul courage

De tant de nations firent leur héritage,

Et que tout l'univers a vus si glorieux,

N'étaient-ils pas aussi des vainqueurs généreux ?

Ils nous donnaient leurs lois, leurs arts, leur industrie.

D'innombrables travaux attestent leur génie.

L'Europe, en quelques jours, a changé dans leur mains,

Comme après huit cent ans, dans celles des Romains.

Que de canaux creusés ! que de routes ouvertes

Dans les plaines naguère incultes et désertes !

Que de hauts monumens s'élevant jusqu'aux cieux,

Parleront des Français à nos derniers neveux !

Et nous, nous leurs vainqueurs, (à quels titres encore ?)

Nous livrons leurs cités au feu qui les dévore.

Ah ! respectons du moins ces français abattus,

Qui nous ont agrandis lorsqu'ils nous ont vaincus. »

De ces hommes du Nord tel était le langage !

Ils n'avaient pas des arts fait un apprentissage ;

Mais, pour nous envahir, sortis de leurs états,

Sans trouver notre gloire ont-ils pu faire un pas ?

Elle éblouit leurs yeux, même dans l'Italie,

Où la France avec Rome a lutté de génie.

O Byron ! maintenant songe à ton Albion,

L'objet de ton amour, de ton ambition,

Qui par notre soleil hier encor éclipsée,

Sur le trône du monde aujourd'hui s'est placée.

Quand pour l'en arracher les peuples s'uniront,

Crois-tu que de leurs bras leurs armes tomberont ?

Crois-tu que la pitié fera taire leur rage ?

Non ! qu'elle craigne alors le destin de Carthage.

Eh ! qui le sait, Byron ! quand, dans tes derniers jours ,

Et devant que tes yeux se ferment pour toujours,

Tu reviendras fouler le sol qui t'a vu naître ,

Qui sait si tes regards pourront le reconnaître ?

Vieux, faible, te traînant au sein de ton pays,

Tes pieds à chaque pas heurteront des débris.

Moi cependant je pleure aussi sur nos ruines.

Toutefois fatigués des guerres intestines ,

Je vois nos citoyens s'aimer, se rallier :

Et je les entendais naguère s'écrier :

» Louis ne veut régner que par les lois qu'il aime,

Sa charte est désormais la volonté suprême

Parmi nous, à sa voix, naquit la liberté,

Il nous conservera ce bienfait mérité.

Ah! sachons en jouir! Trop amoureux de gloire,

Nous n'avons jusqu'ici vécu que pour l'histoire. »

LE CIMETIÈRE.

L'AUTOMNE va finir. A ces tristes momens,
La nature a perdu ses derniers ornemens,
Le soleil, qui fournit loin de nous sa carrière,
A peine nous envoie une pâle lumière.
Les arbres sont battus par le souffle des vents;
Quelques feuilles encor, reste de leur parure,
Sur les gazons flétris tombent de temps en temps;
Les oiseaux affligés du deuil de la nature,
Eclatent quelquefois en lugubres accens.
Le jour est sur le point de faire place à l'ombre;
A mes yeux attristés déjà tout devient sombre,
Cependant j'erre encore au milieu des tombeaux.
Là, chaque inscription, sur le marbre tracée,
Rappelle un homme illustre à ma triste pensée,
Et range son néant auprès de ses travaux.
J'adresse ce reproche à l'ombre du héros :

Malheureux ! voilà donc le fruit de tant de peines !

Pour quelques vains lauriers tu perdis le bonheur ;

On t'a vu parcourir mille terres lointaines,

Et défier la mort pour montrer ta valeur;

Hélas! lorsque l'histoire illustre ton grand cœur,

Le trépas pour jamais te retient dans ses chaînes.

Et toi , qui dans l'étude as consumé tes jours,

Où s'égaraient tes vœux! Dans ton orgueil extrême

Tu voulais que ton nom vécût plus que toi-même!

Eh bien! sois satisfait ! ce nom vivra toujours;

Il est vanté partout, et d'éloquens discours.....

Mais que t'importe , hélas! tu ne peux plus m'entendre ,

Pas un mot, pas un son ne va jusqu'à ta cendre !

Ici sont confondus tous ces infortunés

Que le sort au malheur avait prédestinés ;

La misère au teint pâle éleva leur enfance ;

Ils ne quittèrent pas le toît de l'indigence ;

Aux pieds de l'opulent sans cesse prosternés ,

A force de travaux ils achetaient la vie.

La mort fut le seul terme à leur longue agonie.

Ils ne possédaient rien ; leur corps est un fardeau

Pour qui n'étaient pas faits les honneurs du tombeau ;

Dans de vastes charniers on entassa leur cendre;

Au repos des morts même ils ne peuvent prétendre.

L'avare fossoyeur dispersera bientôt,

Pour placer leurs pareils, leurs livides lambeaux.

Malheureux! chaque jour on vous voit disparaître

Sans qu'on donne une larme à vos longues douleurs;

Tout périt avec vous : usages, travaux, mœurs,

Pas un seul souvenir ne survit à votre être.

Ah! recevez du moins le tribut de mes pleurs!

Mais qu'aperçois-je ici? Dans une enceinte immense

Qu'entoure un mur de fer, par cent bras préparé,

Un mortel qui vécut au sein de l'opulence,

De ces indignes morts repose séparé.

Des marbres qu'en son flanc cachait envain la terre,

Tout trempés des sueurs de l'homme industrieux,

Tout chargés d'ornemens, de titres fastueux,

Elèvent jusqu'au ciel son palais funéraire,

Et disent : « Respectez ces restes précieux;

Son âme des vertus était le sanctuaire.»

O mensonge! ô quel est l'affreux pouvoir de l'or!

Ce nom tant exalté, ce nom seul me rappelle

Un mauvais citoyen, un époux infidèle;

Le crime est la vertu, s'il possède un trésor.

Homme! quoi, ton orgueil ne connoit point de terme,

Il fait même mentir le tombeau qui t'enferme!

Eloignons-nous : j'éprouve une secrète horreur!

Et vous, emparez-vous, du burin de l'histoire,

Ecrivains courageux, flétrissez sa mémoire;

Retournez contre lui cet éloge imposteur.

Attaquez son néant qui fit son espérance;

Que ceux qui, comme lui, déserteurs des vertus,

Espèrent se couvrir d'une fausse apparence,

Par votre seule voix, détrompés, confondus,

Au sentier du devoir reviennent éperdus.

Mais, plus loin, j'aperçois un nom que je révère;

Ici repose en paix l'un des grands de la terre,

Qui de tous ces trésors qu'il recevait des cieux,

Fit toujours un usage utile et généreux.

Ne cherchons point ici de titres fastueux,

Si toujours il se plut à semer l'abondance,

Il aspira surtout à cacher ses bienfaits.

Que ne puis-je trahir son auguste silence,

Et compter, s'il se peut, les heureux qu'il a faits!

O quelle émotion de mon âme s'empare,

Quand je vois le tombeau d'un vertueux mortel !

Je me dis : « Fallait-il que le destin barbare

Enlevât aux humains leur appui fraternel !

Comme il a surveillé les pas de l'indigence,

Et répandu son or pour lui sauver l'honneur ;

Cet or, que trop souvent la coupable opulence

Oppose à la beauté qu'avilit le malheur !

Avec quel zèle sage il servit l'industrie !

Non content de jeter de curieux regards

Sur les nobles produits des talens et des arts,

Chaque jour ses bienfaits éveillaient le génie.

Comme il a bien payé sa dette à la patrie !

Lorsque, pour l'envahir, de vastes bataillons,

De nos champs dévastés inondaient les sillons,

Il ne confia pas le soin de la défendre

A quelque remplaçant, mercenaire soldat;

Mais, prodigue d'un sang qu'il est beau de répandre

Pour le salut commun, il volait au combat.

On ne l'entendit pas, superbe en son langage,

Soutenir que le peuple est né pour l'esclavage,

Et prétendre sur lui des droits avilissans ;

Il aima, respecta l'homme simple des champs.

Mais on ne le vit pas, suppôt de l'anarchie,

Grossir les rangs impurs de tous ces furieux

Qui déchiraient le sein de leur triste patrie,

Seulement pour se rendre eux-mêmes plus heureux.

Il s'oublia toujours, il était généreux ;

Des lois de son pays ami sage et fidèle,

Il ne leva jamais une tête rebelle.

Noble espoir de son cœur, formés par ses vertus,

Ses enfans entouraient son aimable vieillesse.

A mépriser la mort, instruit par la sagesse,

C'est lui qui relevait leurs esprits abattus,

Lorsqu'il ferma ses yeux, pour ne les r'ouvrir plus.

« Repose en paix, repose, ô mortel juste et sage !

Les hommes, que jamais n'opprima ton pouvoir,

Ne viennent pas, le cœur navré de désespoir,

Verser sur ton tombeau le reproche et l'outrage.

Chaque jour on les voit sous tes sombres cyprès

Implorer l'Éternel, en pleurant sur ta cendre ;

S'éloignent-ils, je vois, qu'en proie à leurs regrets,

Ils y jettent encor le regard le plus tendre,

Et répètent ces mots : « Juste, repose en paix ! »

Mais quel est ce tombeau de gothique structure ?

Ah ! de ce monument la seule architecture

Rappelle à mon esprit les hommes du vieux temps ;

Je crois les voir passer comme des flots bruyans

Qui courent s'engloutir aux gouffres de la terre.

Leur vertu méritait un destin plus prospère.

Lorsque dans le néant ils sont ensevelis,

Ouvrage de leurs mains, assis sur leurs débris,

Un monument grossier, pétri de simple argile,

A rendu de mille ans tout l'effort inutile ;

Il subsiste ! Il est vrai que deux noms bien fameux,

En font pour les mortels un objet précieux :

Héloïse ! Abeilard ! couple si beau, si tendre !

Qui pourrait l'insulter ? Il contient votre cendre !

Amans infortunés ! ô combien vos malheurs

Ont attendri notre âme, ont fait couler nos pleurs !

Non, je ne relis pas vos lettres amoureuses

Sans sentir tout le poids de vos peines affreuses ;

Et cependant, vos cœurs, si brûlans autrefois,

Sont glacés pour toujours ; votre bouche est sans voix.

Et Pope, dont le cœur semble plein de vos âmes,

Lorsque de vos désirs il exhale les flammes ;

Et notre Colardeau, dont les vers si touchans

Portent de vos amours tout le feu dans nos sens ;

Et ces flots de mortels qui mouillèrent de larmes

Ces écrits tous vivans de vos maux, de vos charmes,

Ils sont, ainsi que vous, glacés par le trépas ;

Et nous, vers le tombeau nous marchons sur leurs pas.

Ah ! la mort, chaque jour, agrandit son domaine,

Or, talens, vertus, rien ne fléchit l'inhumaine.

AUX MANES D'ANDRÉ CHÉNIER.

CHÉNIER, que l'Elégie est belle dans tes vers !
Que son air est touchant ! que sa grâce est naïve !
Que d'antiques beautés! Que sa voix nous captive!
Comme elle arrive aux cœurs de toutes parts ouverts.
Ah! l'heureuse beauté dont tu portas les fers,
Vit dans tes chants, se peint à nos regards avides;
Non, le cygne n'a pas la blancheur de son sein,
Ses yeux ont plus d'éclat que les perles liquides
Qu'un rayon du soleil fait briller au matin,
Et je crois voir fleurir la rose sur son teint.
Hélas! quand tu donnais une grâce nouvelle
A ces vers gracieux qu'avait dictés ton cœur,
La mort vint t'arrêter dans ta course immortelle;
O mort! funeste mort! pourquoi tant de rigueur?
Amour, qu'il célébrait, laisse couler tes larmes !
Villageois, qu'il aimait à peindre dans ses chants,

Vous qui fûtes l'objet de ses tendres alarmes,
Eclatez sans contrainte en lugubres accens!
Elevez un autel à sa cendre chérie.

Vous, de la liberté défenseurs éloquens,
Montez à la tribune et plaignez la patrie
Que priva de Chénier la sanglante anarchie.

Plus modeste en mes vers, je n'ai que quelques fleurs;
Que peut de plus l'amant de la triste élégie?
Ne rebute donc pas le tribut de mes pleurs,
Chénier, peut-être un jour je pourrai davantage;
Peut-être on me verra, plus hardi, mais moins sage,
Du chantre d'Ilion essayant les pinceaux,
Des glorieux Français célébrer les travaux.
Puissé-je alors t'offrir un plus auguste hommage!

LA TOMBE DE ZARA.

Amour, je chante encor ton redoutable empire !
En esclave on m'a vu soumis à ton pouvoir ;
Qui connut mieux que moi ton funeste délire ?
Qui sentit plus son cœur gonflé de désespoir ?
Ah ! qu'un heureux mortel , habile en l'art de plaire ,
Enseigne les moyens de triompher des cœurs ;
Mais moi , pour qui l'amour fut une source amère ,
Je ne prétends , hélas ! qu'à chanter ses douleurs.
Ombragez votre front de couronnes de rose ,
Amans heureux , soyez rayonnant de plaisir ;
Et moi , sur cette tombe où ma Zara repose ,
Je m'assieds , dévoré de regret , de désir.
Qu'elle était belle , hélas ! Près de son teint d'albâtre
Le lys même perdait son éclat , sa blancheur ,
Et ses yeux , ses beaux yeux , dont j'étais idolâtre ,
Du plus pur diamant éclipsaient la splendeur.
Un instant pour toujours a fait pâlir ses charmes ,

4

Ses yeux ne s'ouvrent plus, elle n'entendra pas

Rouler sur son tombeau mes amoureuses larmes;

Dieux ! elle a disparu dans la nuit du trépas.

   Et vous, tristes mortels qu'assiége l'indigence,

Vous que ses soins cherchaient dans votre humble foyer,

Vous qu'elle soulageait, que la reconnaissance

Vous courbe sur sa tombe et vous fasse prier ;

Et moi, toujours errant dans ce lugubre asile,

J'entendrai vos soupirs, je verrai vos douleurs;

Et fixant sur vos yeux ma paupière débile,

Je m'écrierai soudain, tout baigné de mes pleurs:

« O qui mieux qu'elle, hélas! mérita d'être aimée !

Grand Dieu ! pourquoi sitôt l'appeler près de toi ?

Ah ! du moins, prends pitié de mon ame abîmée :

Auprès de mon amante, ô mon Dieu ! reçois-moi. »

LA MAISON DES CHAMPS.

O CHAMPS où j'ai passé mes plus belles années,
Doux travaux de Cérès, solitaires bosquets,
Et vous des laboureurs retraites fortunées,
Pour mon cœur et mes yeux que vous aviez d'attraits !
Vainement, au foyer des talens, de la gloire,
Des chefs-d'oeuvre de l'art je me vois entouré,
En vain d'ambition mon coeur est dévoré,
O champs ! rien ne vous peut bannir de ma mémoire.
Je ne m'abuse plus, j'ai perdu le bonheur,
Depuis que je poursuis une vaine grandeur.

Hélas ! dans mon sommeil je crois entendre encore
Le coq qui m'annonçait le lever de l'aurore ;
Mes yeux s'ouvrent, mon cœur palpite de plaisir ;
De tous mes serviteurs j'accuse la paresse ;
Enflammé, tourmenté d'un généreux désir,
Pour voler au travail je me lève et m'empresse.

Mais que, tout entouré des ombres de la nuit,
Je reconnais bientôt l'erreur qui me séduit.
Non, non, je n'entends plus l'oiseau dont le village
Reçoit au point du jour le signal de l'ouvrage.
C'est quelque citadin qui ne peut au sommeil
S'abandonner avant le lever du soleil.
Il lasse son cocher, ses coursiers, sa maîtresse ;
De mille infortunés il trouble le repos,
Pour saisir le bonheur qui l'évite sans cesse ;
C'est le bruit de son char qui chasse mes pavots.

Que souvent, fatigué du séjour d'une ville
Où règne l'intérêt, d'où la pitié s'exile,
J'ai voulu retourner à ma maison des champs!
Mais la fatalité qui s'attache à ma vie,
Oppose à mes regards les œuvres du génie,
Fait entendre à mon cœur d'harmonieux accens;
A peine j'aperçois nos marbres pleins de vie,
Que je ne puis quitter le séjour des talens.

Mais je saurai briser ma chaîne accoutumée,
C'est acheter trop cher une vaine fumée.
De mes champs, quelque jour, je prendrai le chemin,
Et ne sortirai plus de mon champêtre asile.

Tu m'accompagneras, ô ma chère Lucile
Je suis impatient de cacher sous le lin
Tes épaules d'albâtre et les lys de ton sein :
Ne crains pas qu'à mes yeux tu cesses d'être belle ;
Tu le seras toujours étant toujours fidelle.

   Mais, Lucile, crois-moi, ne vas pas comparer
Aux palais fastueux ma demeure champêtre.
Tu n'as vu que Paris, Paris qui t'a vu naître
N'a rien qui te la puisse aisément figurer.
Au penchant d'un côteau que borne une prairie,
A l'ombre protecteur d'un bosquet toujours vert,
S'élève un toit riant que le chaume a couvert ;
Des aquilons du nord il brave la furie,
Le midi lui prodigue une lumière amie ;
D'un jasmin odorant les murs sont tapissés,
Pommiers, abricotiers, autour sont entassés,
Et, sans franchir mon seuil, de mes mains paresseuses,
Je dépouille à loisir leurs branches fructueuses.
Des entrailles d'un roc que la mousse a noirci,
S'échappe en longs cristaux une onde salutaire ;
Mes prés et mes jardins que le soleil altère,
En abreuvent leur sein par la chaleur durci ;

Là viennent mes troupeaux se rafraîchir aussi.

C'est avec sa fraîcheur que par fois je tempère

Le feu qu'allume en moi mon vin trop généreux.

Voilà tous mes trésors ! c'est assez pour mes vœux.

Je crois déjà te voir, satisfaite, empressée,

Visiter avec moi ce modeste Élysée :

Je te tiens d'une main, l'autre sur les objets

S'étend pour y fixer tes yeux et ta pensée.

Je te montrerai tout, tout jusques aux bosquets

Où l'amour me combla des faveurs qu'il dispense.

Je le dois ; entre nous règne une confiance

Que nous avons juré de ne trahir jamais.

Avec ces lieux bientôt tu feras connaissance ;

Mais moi qui les connus dès mes plus jeunes ans,

Quels seront mes transports et mes empressemens !

Quelle sera ma joie ! Ah ! je croirai renaître,

Le dirai-je, Lucile ? aux jours de mon printemps.

D'avance je m'écrie : Arbres que je vis naître,

Vous qui fûtes l'objet de mes soins vigilans,

Contre les feux du jour, prêtez-moi votre ombrage.

Bœufs qu'éleva jadis ma main pour mon usage,

Vous avez trop long-temps gémi sous d'autres lois,

J'abandonne la ville où séjournent les rois,
O mes bœufs, reprenons gaîment le labourage.
　　Puis j'irai visiter mes généreux coursiers,
Et de tous nos voisins saluer les foyers:
Bons voisins, avec qui, libre d'inquiétudes,
Je passais près du feu les longs instans du soir;
Ce n'est pas pour un jour que je veux les revoir,
C'est pour reprendre enfin mes douces habitudes.
Je n'ai que trop tardé, mon cœur le sent, hélas !
Sur leurs fronts, par le temps, les rides entassées,
Quand je les reverrai, me le diront tout bas ;
Et quelques-uns, peut-être, ô funestes pensées !
Ont déjà succombé sous les coups du trépas.
Oui, Lucile, il en est que tu ne verras pas.
Ce bon vieillard dont j'aime à te parler sans cesse,
Michel, qui m'amusait des contes du vieux temps
Et vantait les plaisirs qui charmaient sa jeunesse,
Lucile, il avait vu passer cent dix printemps,
Lorsque je m'arrachai de ses bras frémissans.
Sans doute il ne vit plus. Malheureuse jeunesse !
Nous perdons ses conseils mûris par la vieillesse.
Que dis-je ? ô mes amis ! je crains aussi pour vous;

Amis des premiers ans, vous m'affligez d'avance :
L'impitoyable mort, dans son affreux courroux,
Ne confond-elle pas la vieillesse et l'enfance ?
A tout âge, en tous lieux, l'homme est sous sa puissance:
Et, malgré mes desseins, peut-être que jamais
Mes yeux ne reverront mes paisibles bosquets.

Ah ! si d'un seul instant nous ne pouvons répondre ,
Ne différons donc pas le moment du bonheur ;
Lucile , laisse-moi te presser sur mon cœur ;
Et puissent pour jamais nos êtres se confondre !

LE TOMBEAU DE PARNY.

O CHANTRE harmonieux! Parny, tendre Parny,

Toi qui nous rends si doux le nom d'Eléonore,

Du temple de l'amour le trépas t'a banni;

Mais non, non, c'est en vain, tu le remplis encore,

Tes vers y sont gravés, ils y vivront toujours:

Tes vers sont pour jamais la langue des amours.

ue celui qui ne peut triompher d'un amante

Parle ton doux langage à son âme, à son cœur,

Et bientôt des desirs la flamme dévorante

Ne lui permettra plus de s'armer de rigueur.

Au milieu des tombeaux j'ai vu ton mausolée,

Sa colonne de marbre ondoyait comme un jonc,

Et, prenant le chemin de ton âme exhalée,

S'élançait vers les cieux pour y porter ton nom.

A ce nom si touchant quelle mélancolie

S'empara tout-à-coup de mon âme attendrie !

Console-toi, Parny ; les lauriers glorieux

Des hommes que la mort range autour de ta cendre,

Sans danger pour le tien peuvent croître et s'étendre ;

Ils n'étoufferont pas ses rameaux vigoureux.

   Celui-ci, si j'en crois ce que je viens d'entendre,

Avec sa plume seule a mesuré les cieux,

Et devant son tombeau l'astronome s'arrête ;

J'ai vu, pour l'approuver, qu'il inclinait sa tête.

Cet autre de l'histoire a retracé les faits,

Et, des hommes d'Etat justifiant les crimes,

A peut-être agrandi la route des forfaits.

L'homme qui de son livre a goûté les maximes,

Sur sa tombe, il est vrai, jette des yeux distraits.

Du peuple cependant la foule peu savante

Ignore ces grands noms et passe indifférente.

Mais à peine a-t-il vu le tien, tendre Parny,

Que soudain tous tes vers assiègent sa mémoire ;

Par cet aimable nom le vieillard rajeuni,

De son reste de feu célèbre encor ta gloire ;

Par sa fille amoureuse il est soudain béni :

Elle verse des pleurs sur ta cendre muette ,

S'en éloigne à regret, y revient, et, distraite ,

Mêle à tous ses discours le doux nom de Parny.

LE COUPABLE.

Celui que l'intérêt rend avide de sang
Se dit, pour affermir son bras encore tremblant :
« Sans choix, sans examen, la tombe impitoyable
Engloutit sans pitié le juste et le coupable ;
Là tous également dorment de ce sommeil
Qui sera le dernier, qui sera sans réveil ;
Leurs yeux fixent sans voir, tous leurs traits se ternissent ;
Déchirés en lambeaux leurs membres se pourrissent ;
Les coupables, les bons ne se distinguent plus,
Le néant pour jamais les a tous confondus.
Voyons donc du même œil le vertus et les crimes. »
Il dit, et sans pitié marche sur ses victimes.
La justice le voit et le laisse frapper ;
Elle sait que Dieu même a, pour le détromper,
Mis au fond de son coeur une voix redoutable
Qui lui crie : O mortel ! tremble d'être coupable.
Mais dans le sang à peine a-t-il trempé sa main,

Qu'à ses yeux tout hagards elle apparaît soudain ;

Et le livre aux remords... En proie à ce supplice,

Oh ! comme il hait les biens qu'il dut à l'injustice,

Il voudrait s'éviter, à soi-même en horreur,

Et se trouve toujours, toujours pour son malheur.

La lumière le trouble, et la nuit plus encore ;

Pour éviter, pour fuir cette nuit qu'il abhorre,

Il voudrait enfoncer son glaive dans son sein,

Mais une autre terreur le désarme soudain.

Il craint de rencontrer une nuit plus affreuse,

Il craint de ses forfaits la peine rigoureuse.

La tombe a son secret, tout s'est tû jusqu'ici ;

Ce n'est qu'en y tombant qu'on en est éclairci.

Plus près il en approche, et plus son coeur se trouble ;

Arrivé sur le bord, tout son effroi redouble.

Il voudrait, mais en vain, revenir sur ses pas ;

La justice le pousse aux gouffres du trépas,

Agile et fait tomber sur sa tête coupable

Son glaive, oisif naguère, alors infatigable.

LE DUEL.

Ici c'est un duel ! je vois deux chevaliers
Tout prêts à se percer de leurs fers meurtriers.
Mais l'un d'eux a frémi ! qu'a-t-il ? calme naguère,
Il accablait le sol de sa démarche altière.
Tout-à-coup ses cheveux s'élèvent hérissés;
Immobile, il s'arrête ou marche à pas pressés.
Il fixe et ne voit rien ; triste, sombre, farouche,
Des demi-mots sans suite échappent de sa bouche.
Son front jadis si fier, par la gloire embelli,
Penché sur sa poitrine y semble enseveli.
On dirait qu'un fardeau pesant, insupportable,
Fatigue ses efforts de son poids redoutable;
Ses pieds frappent le sol; dans sa sombre fureur,
On croit qu'il va porter son glaive sur son coeur.
Cependant ses amis qui s'alarment, s'étonnent,
Bravent son air affreux, le pressent, l'environnent.
Enfin chacun observe avec étonnement

De cette âme de fer le brusque changement.

Qu'a-t-il? c'est le remords qui le trouble et l'agite!

Là de l'impunité se trouve la limite

Là son tourment commence ! il se déguise en vain :

Le poignard du remords lui déchire le sein !

    Mais où donc ont passé sa force surprenante ,

Sa terrible valeur, son adresse étonnante?

Lui qui n'eut pas d'égal parmi tant de guerriers ;

Lui qui rompit cent fois des bataillons entiers ,

Qui portait sur son front tant de moissons de gloire ,

Et tenait dans sa main l'infaillible victoire ;

Un rien le trouble ! aussi ce rien c'est le remords,

Cet éternel vainqueur des faibles et des forts.

Il sent qu'il est coupable; il a fait une offense

A ce guerrier qu'on voit appuyé sur sa lance.

Il lui doit une excuse, il l'a déshonoré ;

Mais par un mot; un seul, tout sera réparé.

Déjà sa bouche s'ouvre : on se flatte , on espère

Qu'il va faire un aveu courageux et sincère.

Vain espoir ! il se tait, et son coupable orgueil

Lui dit qu'il doit plutôt le plonger au cercueil.

Il recule, il s'agite ; et s'efforce à répandre

Un sang qu'au prix du sien son bras devrait défendre.

Mais comme son épée attaque sans vigueur !

Dans son bras a passé le trouble de son coeur.

Le front calme, de l'oeil son rival le mesure,

Et lui fait dans le flanc une large blessure :

Il tombe sur la terre à grand bruit renversé,

De son front pâlissant l'orgueil est effacé ;

Quel changement subit, étrange, inconcevable !

Il se hâte soudain de s'avouer coupable :

Lui qui se disculpait avec tant de hauteur !

O tombe ! on ne voit pas en vain ta profondeur !

Il n'est plus ; sans regret chacun l'y voit descendre,

Et la honte et l'oubli pressent soudain sa cendre.

Ainsi puissent périr tous ceux qui, comme lui,

Cherchent dans leur épée un criminel appui.